Estoy deseando verte en zapatillas

Escuchar tu música y pensar:

Espero conocer a tus novios, o

¡Oh bebé, esperarte es tan divertido!

tus poemas. No puedo creer que te

de ballet o con uniforme deportivo.

"Es lo que está de moda".

escucharte decir: "Estoy enamorado".

Anhelo recibir postales de tus viajes y leer

escriba sin haberte conocido.

Ya sé que

TE QUIERO

Este libro y un océano de amor, para Jessica y Matt.
Un agradecimiento especial a Louis S.
—E.S.

Rayo es una rama de HarperCollins Publishers.

Ya sé que te quiero
Texto: © 2004 por Billy Crystal
Ilustraciones: © 2004 por Billy Crystal y Byron Preiss Visual Publications, Inc.
Traducido por Georgina Lázaro
Elaborado en China. Todos los derechos reservados. Se prohíbe reproducir, almacenar, o transmitir cualquier
parte de este libro en manera alguna ni por ningún medio sin previo permiso escrito, excepto en el caso de
citas cortas para críticas. Para recibir información, diríjase a: HarperCollins Children's Books, a division of
HarperCollins Publishers, 1350 Avenue of the Americas,
New York, NY 10019.
www.harperchildrens.com

Library of Congress ha catalogado la edición en inglés.
ISBN-10: 0-06-084598-8 — ISBN-13: 978-0-06-084598-8

Diseño del libro por Jeanne L. Hogle
❖
La edición original en inglés de este libro fue publicada por HarperCollins Publishers en 2004.

Aún no sé si eres niña o niño y falta un mes para que llegues.
Éste es tu primer regalo. Lamento que no sea un juguete.

Para Ella Ryan, y las dos hermosas almas
de quienes recibiste tu nombre.
—B.C.

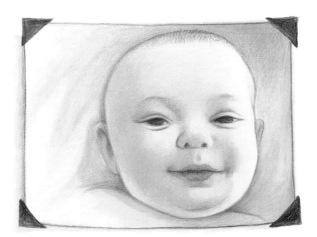

BILLY CRYSTAL

Ya sé que
TE QUIERO

Ilustrado por ELIZABETH SAYLES

Traducido por GEORGINA LÁZARO

rayo

Una rama de HarperCollinsPublishers

¡Pronto voy a ser tu abuelo!
Mi sonrisa es la más amplia.
Hace mucho, mucho tiempo
que te espero con estas ansias.

Tengo tanto que decirte
mientras sentado aquí te espero.
Aún no has ganado un partido,
pero ya sé que te quiero.

Espero oír tus suspiros al mostrarte
cada cosa.
Tu risa al ver los payasos,
las pompas, las mariposas.

Quiero sentir tus latidos
mientras te arrullo en mi pecho.
Quiero volar tu cometa,
poner carnada en tu anzuelo,
y cuando estés estudiando
también ayudarte quiero.

Te espero para jugar.
Cada día será una fiesta.

Y para mecerte entre
mis brazos
mientras duermes
una siesta.

Te espero para jugar
contigo a los caballitos.
Sentarte sobre mi falda
y hacerte dar saltitos.

Te espero para mostrarte
las nubes, las estrellas y la luna,
y haciendo caras graciosas
reírnos de cada una.

Quiero que veas el viento
doblar la hierba al pasar.
Y darte un abrazo fuerte
que durará y durará.

Te espero para mostrarte
el cielo y el ancho mar.
Y para enseñarte que mentir
nunca es mejor que decir la verdad.

No quisiera tener que esperar
para compartir contigo ricos platos,

o para verte vestida de *Brownie*,
y ayudarte a atarte tus zapatos.

Yo llevé a tu mamá
al cine por primera vez.
Cuando te toque a ti
verás lo bonito que es.
Cuando fui con tu mamá,
no miré la pantalla.
Lo importante era su sueño,
su sonrisa, su mirada.

Iremos a ver a los *Yankees,*
   aunque tu papá es de los *Sox.*
Tengo pelotas firmadas
   que guardaremos nosotros dos.

La historia de la familia
con fotos te he de enseñar.
Eres una ramita nueva
de nuestro árbol familiar.

Tu mamá es mi hija
  y tu papá es hijo de su mamá.
Vivías dentro de tu mami
  y el momento llegó ya.
Prepárate, mi tesoro,
  que tu vida hermosa será.

Pronto voy a ser tu abuelo . . .

y ya no puedo esperar más.

Estoy deseando verte en zapatillas

Escuchar tu música y pensar:

Espero conocer a tus novios, o

¡Oh bebé, esperarte es tan divertido!

tus poemas. No puedo creer que te

de ballet o con uniforme deportivo.

"Es lo que está de moda".

escucharte decir: "Estoy enamorado".

Anhelo recibir postales de tus viajes y leer

escriba sin haberte conocido.